超级整理英雄

〔意〕蒂·奥尔西 / 著

〔意〕奥罗拉·卡恰波蒂 / 绘

窦兆娜 张婷婷 / 译

GUANGXI NORMAL UNIVERSITY PRESS

广西师范大学出版社

·桂林·

"维奥莱特、乔伊、利奥！"妈妈大喊，"这是发生了什么？"

三个孩子跑过来，尽量不踩到散落在地上的玩具。

"怎么了？"乔伊疑惑地问道。

"发生了什么？"维奥莱特边问边从沙发底下掏出她的洋娃娃。

"我跟你们说过，晚饭前把这里收拾一下。"
妈妈说。

"等到明天早上吧！"乔伊说，"然后一切就又变得干净、整洁了。"

妈妈一脸困惑："所以你们觉得玩具会神奇地自己回到玩具箱里？"

"不，嗯……是的！"利奥一边回答，一边和姐妹们跑开了。

第二天是星期天。

乔伊他们醒来后，冲到厨房吃早餐，但是……

"嘿！"利奥惊呼，"玩具怎么还在地上！"

"我的滑板车怎么会在毛毛的窝里？"维奥莱特心想。

正在这时，妈妈走了过来。

"我有个坏消息，"她郑重说道，"超级整理英雄'统统归位'告诉我，这所房子实在太乱了，所以他要休息一段时间！"

"统统归位？"孩子们问。

"我还以为是你趁我们睡觉的时候收拾好的呢。"乔伊坦白。

"别担心!"利奥说,"我们可以就这么把东西留在这儿,还玩昨天那些玩具。"

但三个孩子发现，在乱七八糟的玩具堆里找到玩具是不可能的。

"我的铅笔盒在哪儿？"维奥莱特问。

"在内衣抽屉里找找……"利奥说，"那个，
请帮我找找我的点读卡！"

"真是一团糟！"乔伊说，"我们最好把'统统归位'请回来！"

　　可惜妈妈没有他的电话号码。

　　"我们给他写封信吧！"利奥提议。

　　但是没有人知道他的地址。

"我有一个更好的主意！"乔伊大声说，"我们中的一个来接替'统统归位'。"

"怎么样？"乔伊问。

"我们来场比赛吧！"利奥提议，"谁赢得了整理比赛，谁就是新的超级整理英雄！"

"要怎么比呢？"维奥莱特问。

"当然是比整理东西！"乔伊解释说，"看谁
最快……"

"把玩具车收拾好！"利奥大声说。

3，2，1，开始！

三人小组一秒钟都不耽搁。

很快，所有的玩具车都回到了篮子里。

"谁最快？"维奥莱特问。

"不好说。"乔伊回答，"我们一起完成的！"

3,2,1

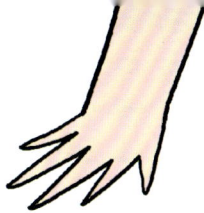

然后，利奥提议再比一场。

"谁找到的拼图多，谁就获胜！"

斗志昂扬的超级整理英雄们再次行动起来，像真正的侦探一样四处搜寻。

维奥莱特愣住了，说："我刚刚在咖啡罐里找到了一块拼图。"

利奥找到的卡片最多，乔伊找到的拼图最多，维奥莱特找到了许多玩具和一些奇怪的袜子。

谁获胜？

还没决出胜负。所以孩子们继续捡起桌下的蜡笔，取出藏在锅里的毛绒玩具……

三个孩子收拾得很起劲，也很开心，但他们仍然没有决出谁是新的超级整理英雄。

这时，妈妈看着整洁的房间，惊喜不已。

"做得好！"她称赞道，"当你们一起努力时，你们就是一个超级整理团队！"

"的确如此！"乔伊说。

"我们三个是超级无敌整理英雄！"利奥和维奥莱特齐声赞同。

"'统统归位'可以继续休假了，"他们大声宣布，"从今天起，由我们来接管啦！"

我喜欢这个故事，因为……

超级整理英雄
Chaoji Zhengli Yingxiong

出版统筹：伍丽云
质量总监：孙才真
责任编辑：窦兆娜 张婷婷
责任美编：邓　莉
责任技编：马其键

著作权合同登记号桂图登字：20-2025-004 号

图书在版编目（CIP）数据

超级整理英雄 /（意）蒂·奥尔西著；（意）奥罗拉·
卡恰波蒂绘；窦兆娜，张婷婷译. -- 桂林：广西师范大学
出版社，2025.4. --（魔法象）. -- ISBN 978-7-5598-7876-2

I. I546.85

中国国家版本馆 CIP 数据核字第 2025R3G197 号

广西师范大学出版社出版发行
（广西桂林市五里店路 9 号　邮政编码：541004）
（网址：http://www.bbtpress.com）
出版人：黄轩庄
全国新华书店经销
北京博海升彩色印刷有限公司印刷
（北京市通州区中关村科技园区通州园金桥科技产业基地环宇路 6 号　邮政编码：100076）
开本：889 mm × 1 360 mm　1/32
印张：1　　　字数：20 千
2025 年 4 月第 1 版　　2025 年 4 月第 1 次印刷
定价：18.00 元

如发现印装质量问题，影响阅读，请与出版社发行部门联系调换。

"无聊了？"彼得低声说，"这样的话，女巫一定就在附近了！我们装扮一下，好引起她的注意，把她引到陷阱里去！"

化妆和
身体彩绘

胶水

一件斗篷，一顶巫师帽，一个长着大包的纸鼻子，这些就是他们变装需要的道具！

"现在，我们看上去又丑又淘气！"彼得咯咯地笑出了声。

"女巫会以为，我们是两个想邀请她去喝臭茶的朋友，这样她就会现身了！"

时间一分一秒地过去，女巫却始终没有出现。

"你猜数字 0 见到数字 8 会说什么？"彼得为了逗妹妹开心，问道。

奥莉维亚想了想，想不出答案。

"你的腰带不错！"彼得说。

两人都哈哈大笑起来。

就在这时，他们听到一阵脚步声，有人转动把手打开了门，但是……

是妈妈！

"准备吃晚饭了！"妈妈说。

彼得和奥莉维亚愣住了："已经这么晚了吗？"

"我玩得太开心了！"奥莉维亚说。

"我们的笑声比陷阱更管用。"彼得补充道，

"它们把女巫吓跑了！"

"通过创造新游戏，"兄妹俩异口同声地说，

"我们打破了无聊女巫的魔咒！"

我喜欢这个故事，因为……

赶跑无聊女巫
Ganpao Wuliao Nüwu

出版统筹：伍丽云
质量总监：孙才真
责任编辑：窦兆娜 张婷婷
责任美编：邓　莉
责任技编：马其键

The Witch of Boredom
© 2018 DEA PLANETA LIBRI SRL
Text: Tea Orsi
Illustration: Francesca Chessa
Simplified Chinese edition copyright © 2025 by Guangxi Normal University Press Group Co., Ltd.
All rights reserved.
著作权合同登记号桂图登字：20-2025-004 号

图书在版编目（CIP）数据

赶跑无聊女巫 / （意）蒂·奥尔西著；（意）弗兰切
斯卡·凯萨绘；孙真译. -- 桂林：广西师范大学出版社，
2025.4. --（魔法象）. -- ISBN 978-7-5598-7878-6

Ⅰ. I546.85

中国国家版本馆 CIP 数据核字第 2025FQ4263 号

广西师范大学出版社出版发行

（广西桂林市五里店路 9 号　邮政编码：541004）
（网址：http://www.bbtpress.com）

出版人：黄轩庄

全国新华书店经销

北京博海升彩色印刷有限公司印刷

（北京市通州区中关村科技园区通州园金桥科技产业基地环宇路 6 号　邮政编码：100076）

开本：889 mm × 1 360 mm　1/32

印张：1　　　字数：20 千

2025 年 4 月第 1 版　　2025 年 4 月第 1 次印刷

定价：18.00 元

如发现印装质量问题，影响阅读，请与出版社发行部门联系调换。